तिमिर के उस पार

सुरेन्द्र नाथ कपूर

रोहिणी, दिल्ली –110089

पहला संस्करण : 2020

ISBN : 978-93-89984-21-7

प्रकाशक
प्रखर गूँज प्रकाशन
एच – 3/2, सेक्टर – 18,
रोहिणी, दिल्ली –110089
011-27851059, 7982710571, 7838505899

शब्द संयोजन एवं आवरण : प्रखर गूँज प्रकाशन

Timir Ke Us Paar
by
Surendra Nath Kapoor

Published by
PRAKHAR GOONJ PRAKASHAN
H-3/2, Sector-18, Rohini
Delhi – 110089
Email : prakhargoonj@gmail.com
          sinha.neelu123@gmail.com
011-27851059, 7982710571, 7838505899

यह काव्य संग्रह, अपनी पूज्य माता श्रीमती
सत्यवती कपूर को समर्पित करता हूँ।

सुरेन्द्र नाथ कपूर

लेखक की कलम से

       दस वर्ष पूर्व जब मेरी बालकनी के सामने धूप रोकते सेमल के पेड़ की ऊपर की शाखाओं को काटा गया तो मेरा मन अवसाद से भर गया और तभी पेड़ के दर्द से मेरी पहली कविता लिखी गई। उसके प्रकाशन के बाद से मैं लगातार लिख और विभिन्न पत्रिकाओं और अखबारों में छप रहा हूँ!

       यह मेरा पहला काव्य संग्रह है, जिसका सारा श्रेय प्रखर गूंज को जाता है। यह रचनाएँ तमस के उस पार इन्द्रधनुष होने का संदेश देने का प्रयास है।

रात कितनी भी सूनी और अंधेरी हो,

सुबह फिर से मुस्कुराती है।

सुरेन्द्र नाथ कपूर

भारतीय मनीषा की चिरकालिक आकांक्षा रही – असतो मा सद्गमय, मृत्योर्मामृतं गमय, तमसो मा ज्योतिर्गमय। इस आकांक्षा का संवहन और संप्रेषण करने का साधन बने वे शब्द, जो काव्य के विविध रूपों में हमारी समूची विकास–यात्रा के सहचर, साक्षी, सारथी, संप्रेक्षक और सचेतक बने हमारे साथ–साथ चलते रहे। इसीलिए हमने शब्द को ब्रह्म और काव्य–रस को ब्रह्मरस–सहोदर कहकर उसकी महत्ता का आख्यापन किया। कविता का मूल धर्म है– पाठक अथवा भावक को अंधेरे से उजाले, निराशा से आशा की ओर ले जाना। भारत का समस्त साहित्य–विधान सुखान्तक–केन्द्रित है। इसे वास्तविकता से पलायन के रूप में न देखकर, काव्य के उस मूल हेतु के रूप में देखा जाना चाहिए, जिसकी चाहत मन में पैदा होने पर कवि रचना– कर्म में प्रवृत्त होता है।

सुरेन्द्रनाथ कपूर की ये रचनाएँ प्रकृति के विभिन्न रमणीय रूपों, उसके मनहर उपादानों के सुन्दर बिम्ब उकेरती हैं। वे बाल– सुलभ उत्सुकता और उत्कंठा से, बड़े जिज्ञासु–भाव से अपने आस–पास की दुनिया की ऐन्द्रिक और अतीन्द्रिय अनुभूतियों से आप्लावित हो जाते हैं, तब उनकी कविता का जन्म होता है। लेकिन वह कविता सहज बोध–गम्य है। उसके रसास्वादन की पूर्वापेक्षा है हृदय की उन्मुक्तता। सरल, सहज शब्दों में पिरोए गये उनके भाव पाठक को एक ऐसी रूमानी दुनिया में ले जाते हैं, जो पूरी तरह सकारात्मकता, प्रेम और औदात्य से लबरेज हैं। ये उत्कट भावनाएँ आज विरल हो गयी हैं। इनसे साक्षात कराने की सक्षमता ही इन रचनाओं का परम प्राप्य है।

डॉक्टर रामवृक्ष सिंह

गोल्ड मेडलिस्ट, हिन्दू कॉलेज

उपमहाप्रबंधक, हिंदी विभाग

संकल्प (इन हाउस पत्रिका)

प्रमुख सदस्य (संपादक मंडल)

व्यंग पुस्तक नेताजी कहिन, उत्तर प्रदेश के गवर्नर द्वारा सम्मानित

क्रम तालिका

क्रम	विषय	पृष्ठ संख्या
1.	कुछ अनमना	11
2.	ज़िन्दगी	13
3.	जीने की तमन्ना सबको है	15
4.	हर दिन एक नई जंग है	17
5.	प्यार	19
6.	एक दूजे के लिए	20
7.	खुशी	22
8.	दुनिया की सरगोशी	24
9.	यही जीवन है	26
10.	तन्हा	29
11.	यौवन	31
12.	दिल के राही	33
13.	तुम ही तो हो	34
14.	दास्ताने ज़िन्दगी	35
15.	अनबुझ सी प्यास	36
16.	इंद्रधनुष सा जीवन हो	38
17.	राही प्यार का	41
18.	ज़िन्दगी अबूझ पहेली नहीं	43

19. ज़िन्दगी का उत्सव — 45

20. तिमिर के उस पार — 47

21. नूर अनंत का जरूर निकलेगा — 49

22. मौसम शरारती है — 51

23. सपने — 53

24. एक नन्हा दीप — 55

25. साथी — 57

26. पथिक — 59

27. कोलाज ज़िन्दगी का — 61

28. चंद लफ़्ज़ों की कहानी — 63

29. गुजर गयी यूँ ज़िन्दगी — 65

30. अनवरत तालाश — 67

31. आराधना — 69

32. हिसाब — 71

33. दूधिया चाँद — 73

34. लबों को खोल जरा — 75

35. उम्मीदों का साहिल — 77

36. दो अजनबी — 79

37. अनंत पथ — 81

38. जश्ने आज़ादी — 83

39. बाजिव सवाल — 85

40. अक्स — 87

41. मुसाफिर — 89

42. जीवन की संध्या बेला — 91

43. उजालों की किरण बाकी है — 93

44. एक सपना — 95

45. शब्द — 97

कुछ अनमना

कुछ अनमना
कुछ उदास सा बैठा था
तभी,
मेरे फ़रिश्ते ने
मुझको पुकारा
"क्यूं गमगीन हो
क्यूं यह हाल है तुम्हारा?"
यह सफर ज़िन्दगी का
तन्हा है अकेला है,
इसको जीने के हैं
चंद उसूल।
हर पल खुशी से कटेगा
बना लो खुद को
इनके अनुकूल!
अपनी जरूरतें
अपने सामर्थ्य से पूरी करो
तन मन से स्वस्थ रहो
न किसी से डरो!
चंद हमराज चुनो

उनसे कुछ कहो,
कुछ सुनो।
ज़िन्दगी जियो
या
धीरे धीरे मरने का
गरल पियो!
आओ दोस्तों! मेरे सफर में,
हमसफ़र बनो
मैंने तुम्हें चुन लिया है
तुम भी
मुझे चुनो!

ज़िन्दगी

ज़िन्दगी
शरारती पहेली सी है।
तरह तरह से उलझाती है
खवाबों और खयालों में।
सूत्र हाथ आ जाए
तो सहेली सी है!
एक तिलस्म सा बुन देती है
रंगीन, हसीन नज़ारों का
मन को ख्वाब दिखा देती है
चंदा और सितारों का!
काश, समझ पाते हम,
गर खेल यह बाहर का होता
तो दुनिया का हर शख़्स
भला क्यूं
सब पाकर भी,
नयन भिगोता?
सुख का उद्गम छुपा हुआ है
अंतस के जगमग कोने में
मन जब होता स्वयं सें रूबरू

तो डर कब लगता
खोने में!
आओ, अंतस की यात्रा पर
होकर बेखौफ निकल जाएं
पहलू में पराए दर्द छुपा
सूने घर में दीप जलाएं!

जीने की तमन्ना सबको है

कितनी भी तल्ख़ लगे ज़िन्दगी,

जीने की तमन्ना सबको है,

यह तय बात है, जो भी आया है,

वक्त पूरा होते ही चला जायेगा,

फिर भी,

परेशां सवालों से किनारा करना,

न समझने की जिद सबको है!

काश,

समझ आये, यह कोई सवाल नहीं,

ज़िन्दगी जीने का मुकम्मिल गुर है,

जो सौगात अपनी थी ही नहीं,

क्यों उसे चाहने को मन आतुर है?

और इस तरह क्यों जिए जाते हैं,

जैसे कोइ और मुंतज़िर है?

हर लम्हा क्यों ऐसा लगता है,

जैसे सन्नाटा पुकारता है,

ऐसा जीना भी क्या जीना,

जैसे कोई एहसान उतारता है।

आओ,

यहाँ आने का मकसद समझें,
प्रकृति की गोद में खो जाएं!
नफरत और बेदिली की जगह,
झूम के नाचें, सुर प्यार के लगाएं!
जब वक्त आये, दूसरे सफर का,
तो मुस्करा के अलविदा कह दें,
मौका मिला तो फिर मिलेंगे,
वक़्ते रुखसत यह पैग़ाम दे दें!

हर दिन एक नई जंग है

हर दिन
एक नई जंग है
संघर्ष का रास्ता
दबंग सा गुर्राता है!
अग्निपथ
अवरोध खड़े कर
खुल के हंसता है
मुंह चिढ़ाता है!
मैं
खुशामदीद कहकर
इन अतिथिओं का
इस्तकबाल करता हूँ
संकल्प की डोर पकड़
जंग को निकलता हूँ!
फ़रिश्ते, "विजई भव" का
उद्घोष करते हैं!
थके कदमों में
नई ऊर्जा भरते हैं!
रोज़ इस तरह

जंग जीत कर
लौट आता हूँ
दोस्तों, मेरे साथ चलो
कल फिर
नई जंग पर
जाता हूँ!

प्यार

जब जब तुमसे बातें करता,

मौन मुखर हो जाता है,

नूपुर सी सरगम बजती है,

कोई पंखों से सहलाता है!

कितनी भी बातें हो जाएं,

बात अधूरी रह जाती है,

उमड़ उमड़ कर कितनी बातें,

होठों पर फिर आ जाती हैं।

अभी अभी मिलकर आया हूँ

फिर से पग उस ओर चलें हैं,

खत्म नहीं हो पाएंगे यह,

जन्म जन्म के सिलसिले हैं!

तेरे चेहरे के आगे,

हर चेहरा धुंधला लगता है,

याद तुझे फिर फिर करके भी,

मन न कभी क्यों कर भरता है?

है कैसा यह सम्मोहन?

कैसा छाया है ये खुमार?

चुपके से कोई समझाता,

तुम्हें हुआ है उनसे प्यार!

एक दूजे के लिए

सम्मोहित सी यूँ न देखो,

हर स्वर गाता राग यही,

तुमसे ही है जीवन मेरा,

मेरा कुछ अस्तित्व नहीं!

गीत कहाँ यह गीत हैं मेरे,

सांझे पल की यादें हैं,

छुपी हुई हैं इनके स्वर में,

हमने जो की बाते हैं!

सुरभि भरा वातायन भी तो,

तन मकरंद तुम्हारा है,

मुझे वही सब तो भाता है,

जो कुछ तुमको प्यारा है!

तन और मन की व्याख्या भी,

अब बहुत पुरानी लगती है,

अलग नहीं हैं, एक हैं दोनों,

यह परिभाषा सजती है!

आओ, चलो, हम दोनो मिलकर,

जीवन के नए छन्द गढ़ें,

एक दूजे का मिलन जहाँ हो,
पुस्तक के वह अंश पढ़ें!

खुशी

पसरा हुआ सन्नाटा,
एक और उदास शाम,
कोई आहट, कोई आवाज नहीं
क्या, यह ही है अंजाम?
तभी:
खिड़की से कोई बच्ची हंसी,
परी धरती पे उतर आई,
किसी पंछी ने कुहू पुकारा
रुत प्यार की घिर आई।
शीतल पवन के झोंके
मकरंद ले आये
सुरमई बादल
तेरी जुल्फ बन के छाए
ऊदी घटा
झूम के बरसी
खोजते चले आएं
तेरी यादों के साये!
किसी ने धीमे से छुआ,
कोई और पास आया,

कानों में कुछ कहा,
कोई गीत गुनगुनाया!
ज़र्रा ज़र्रा महक रहा है,
फिर क्यों उदास हो तुम?
हरदम तो साथ हूँ
मुझे ढूंढते हो क्यों तुम?
दोस्तों,
हर दिन,
खुशियों का ढूंढे बहाना
ज़िन्दगी का तर्जुमा
दो लफ़्ज़ों में
है
हँसना हँसाना!

दुनियां की सरगोशी

दुनियां की सरगोशी
रोज़ पुकारती है मुझे
पर सकूं देती हैं सदा
मेरी तन्हाइयां मुझे!
मेरी रहगुजर में
चीड़ और देवदार के
दरख़्त के ऊपर
टका
चांद
दूधिया चांदनी बरसा
रहा था।
जैसे
प्यार का
कोई गुर सिखाने
मुझको
बुला रहा था!
मैं रास्ते पे अपने
चलता तो आया
पर

दिल अपना शायद
वहीं भूल आया!
आओ,
चलें मिलने उनसे
चांद के बहाने
यह राज मेरा तेरा
कोई न जाने!

यही जीवन है

जब तिमिर के भयावह बादल
दृष्टि से कर दें सब ओझल
नैराश्य की चादर फहर जाए
धरती पर पल प्रति पल,
तब ही
स्वयं कुदरत
उतर आती धरा पर
एक ही क्षण में
नहा जाता है
सहमा डरा
बेजान भूतल!
कुदरत का दस्तूर यह है
जितनी भी संगीन रात होगी
उतनी ही रंगीन सुबह भी होगी
अवसाद में न डूब जाना
सितारों के शामियाने में
चढ़ती कोई बारात होगी!
यही जीवन है
इसमें जलने का दस्तूर है

तो साथ उसके बिखरा

ज़र्रे ज़र्रे पर नूर है!

सोचता हूँ

काश

मैं फूलों की घाटी में

चिनार का दरख़्त होता

डल झील के किनारे!

मखमली हवा

सहलाती सांझ सकारे

सोनजूही, शतदल, कचनार

के देखता नजारे!

झील के दर्पण में

जब उतरती सुरमई शाम

मुग्ध हो मैं देखता

परछाई अपनी।

देते मुझे आमंत्रण

नीले अम्बर पर टके

चांद और तारे!

न बोता कोई बारूद

बागों में

न वादी

उदास होती।
मेरे साए में
हज़ारों दिल धड़कते
प्यार की
बस प्यास होती!

तन्हा

अभी अभी निकला था,

मुख़्तसर सी सैर पर,

लगा, किसी ने पुकारा है।

नीले नभ से

चाँद ने आवाज दी थी,

पूरा खिला दिलकश चाँद,

सिर्फ एक तारा साथ था,

और थे, कुछ छितरे छितरे,

आवारा बादल!

"तुम्हें तन्हा देखा,

तो ख्याल आया,

कि

में भी कितना तन्हा हूँ

रौशनी से भरपूर,

पर बुझा बुझा हूँ!

सोचा, तुम्हें इतना कह दूँ

जब चाँद भी,

बिना हमजोलियों के,

इतना अकेला लगता है,

तो आदमी,

क्यों,

अकेलेपन की तालाश करता है

कभी तन्हा दिल, तन्हा सफर,

मत रहना,

दोस्त!!"

यौवन

सागर की उद्दाम तरंग,
तितली के मादक रंग लिए
सपनों के चटकीले पंख।
सुधियों की तिरती नावों का
लहरों पर ख़ामोश सफर,
पहले प्यार में डूबे दिल की,
तारों पर चलने की उमंग!
रह रह दस्तक देती है,
उमड़, घुमड़ कर घिर आई है,
मन में गहरे पैंठ कहीं पर
यादों के मोती लाई है!
तभी यथार्थ डग भरता भरता,
मन की कुण्डी खटकाता है,
माजी दिलकश था, तो फिर क्या?
वह क्षण जिसकी तैयारी थी,
सब रस लेकर, अब आता है।
बेशक, अब वह नदियाँ, झरने,
ठंडी, ठंडी मस्त हवाएँ,
चाँद सितारों की वह महफ़िल,

ऊदी ऊदी बेहोश घटाएं,

वह जज़्वात न ला पाती हों!

जिन चेहरों पर चाँद था दिखता,

अब उम्र पताका फहराती हो।

लेकिन, वह पागल कोलाहल,

वह सब पा लेने की हलचल,

वह बेचैनी, वह उथल पुथल,

भी तो पास नहीं आते,

ज्यूँ ज्यूँ जीवन रीत रहा है,

हर पल का हम जश्न मनाते!

यह उत्तरार्ध ही तो,

पूर्वार्ध की दौलत है,

वह जीवन की तैयारी थी,

जीवन का यह असली सच है!

आओ, मेरा हाथ पकड़कर

इन लम्हों में खुद को खो दो

उगता सूरज रोज़ देखते

जाते का भी जोबन देखो!

दिल के राही

शाम की सैर और अकेला मैं

लगा

कोई साथ चल रहा है

देखा तो

अंबर पे खिला चाँद

मुग्ध

मुझे ताक रहा है।

जैसे

झील के आइने में

दीदार खुद का कर रहा है।

दोनों ही

दिल के राही हैं

एक साथ ही चलेंगे!

मैं

ज़मीन पर

वह

आसमां पर!

दिल मिल गया है

तो

रोज़ ही

मिलेंगे!

तुम ही तो हो

यह लरजती शाखों सी बाहें,

नींद से बोझिल, झुकी झुकी निगाहें,

आसमां को पुकारते चिनार के दरख़्त,

डल पर थिरकते बलखाते शिकारे,

झील में खुद को निहारती,

विदा लेते, सूरज की मुग्ध परछाई,

ठुमकती बत्तखों की टोलियां!

किसको पुकारते हैं?

तुम ही तो हो!!

दास्ताने ज़िन्दगी

दास्तानें ज़िन्दगी में यह दर्द रह गया,
मंजिल किसी को मिल गई, कोई रास्ते में रह गया!

अठखेलियां लहरों से, कोई गुनाह न था,
फिर उमड़ा क्यूं बवंडर, किश्ती को ले गया!

दूरियां बढ़ाकर, रुसवा वह खुद हुआ,
आंखों से छलका आंसू, हर राज कह गया!

नाजुक था दिल, दरक भी गया, टूटा भी,
था यह भी एक करिश्मा, ऐसी चोट सह गया!

काली, अंधेरी रातें, यह पैग़ाम लाई है,
सूरज का काफिला, न अब दूर रह गया!

तारों पे चलना है, तो हौसलों से काम लो,
बिन हौसले बढ़ा जो, गर्दिश में रह गया!

अनबुझ सी प्यास

कितनी अजीब बात है

हम उन्हीं के खयालों में

खोए रहते हैं

जो मिल के नहीं मिलते

जो मिल गए हैं

हमसफ़र बनके

उन्हीं का ज़िक्र नहीं करते!

अजब कैफियत है

वह ही चुन लेते है

जो डुबो दे भंवर में हमें

जो पहुंचा दे साहिल तक

उसी से बहुत दूर हैं!

यह अनजानी आस

यह अनबुझ सी प्यास

भटकाती है हमें दर बदर

फिर भी दौड़ते रहने को

मजबूर हैं!

आओ डोर छोटी है

बस सिरा ही बाकी है!

जो न मिला
उसका क्या गम है
जो मिल गया
वह काफी है!

इंद्रधनुष सा जीवन हो

एक गंदुमी, बुझी बुझी सी शाम,

निस्तब्ध अँधेरे में,

ऊँघते अशोक और सेमल के पेड़

दूर मकानों से, छन छन कर आती,

टिमटिमाती सी रोशनी,

खिड़की पे बैठा,

जंगली कबूतर का जोड़ा।

आज, कल में ढलने को है।।

पर्दा गिरेगा,

सज जायेगी रात की महफ़िल,

चाँद दूल्हा होगा, तारे बाराती।

एक डोली उठने को है,

एक पालकी चलने को है!

रात भर सजेगा,

रात का यह रंग मंच।

फिर यह

रोशन नजारे,

नींद में खो जायेंगे।

आज दिन के,

थके मुसाफिर,

कल,

नए लिबास पहन,

फिर लौट आएंगे!

समंदर से, धीरे धीरे,

लाल सूरज उठेगा।

अंगड़ाई लेकर,

धरा,

नींद से जग जायेगी।

तरो ताजा होकर,

मुस्कराती हुई

एक और सुबह

द्वार मेरे आएगी।

दिन,

अपने पूरे यौवन से,

परवान चढ़ेगा।

साँझ होते ही,

विश्राम को जायेगा

जीवन चक्र,

यूँ ही,

अनवरत ही,

चलता जायेगा।
कितनी,
नीरस हो जाये ज़िन्दगी,
गर ऐसा न हो!
न धूप हो,
न छाँव हो,
न जीने की कुछ वजह ।
मित्रों,
जीवन हो,
तो
इंद्रधनुष
जैसा हो!

राही प्यार का

नीले आकाश के दुपट्टे पर टके सितारे
दूधिया चाँद से निकले नूर के धारे
कायनात पर पसरी हुई चांदनी का यौवन
सुध बुध भूले तन मन!
आसमान को निहारते
यूकेलिप्टिस, चिनार, देवदार
हज़ारों रंगों में नहाये
बोगनवेलिया, शतदल, सोन जूही, कचनार!
रक्तिम अधरों से खिले गुलाब।
निर्बाध बहते निर्झर
बलखाती चलती नदियाँ
गहरा नीला समंदर
कितने अफसाने छुपाए
मन के अंदर!
यह खुशबुओं के डेरे
यह दिलकश साँझ सवेरे
फिजाओं में बहते राग
यह गीत तेरे मेरे!
वादियों में टिमटिमाते जुगनू

असीमित पर्वत श्रृंखलाएँ
किसी की जुस्तजू में
अलगोजा बजाते बंजारे
देते हैं सदायें?
कौन है यह
राही प्यार का
जो इन सब में
और सब उसमे
सिमट आये हैं?
कोई और नहीं दोस्त
तुम ही तो हो!
खुद से रूबरू!

ज़िन्दगी अबूझ पहेली नहीं

ज़िन्दगी

कोई अबूझ पहेली

नहीं

हमारे

कयास गलत होते हैं

जब

मंजिल चार कदम होती है

अश्रु पलकों में पिरोते हैं!

ज़िन्दगी बासबब

हमें

अग्नि पथ पर चलाती है,

हमारी जुस्तजू को

इस तरह फौलादी बनाती है!

हमें

इन्द्रधनुष नहीं दिखता

तूफान ही नजर आते हैं,

बढ़ते हुए कदम

अनायास ही रुक जाते हैं!

जब गम का अंधेरा

छा जाए

तो समझे

की सुबह अब दूर नहीं

कुदरत को हमारी बुज़दिली

पल भर को भी

मंज़ूर नहीं!

ज़िन्दगी का उत्सव

दोस्तों,
आंधियों को इसका
न इलजाम दो!
आशियाँ जल गया है,
घर के चिराग से।
मकान,
बेशरम सा,
अब भी खड़ा है।
घर,
घर न रह गया है,
बाशिंदों के मिजाज से!
ज़िन्दगी वह क्या ज़िन्दगी?
जिसमे दुश्वारियां न हों।
स्नेहिल रिश्तों की छाँव हो,
तो वह भी लगती है भली।
कड़ी धूप वक्त की,
कितनी भी दे तपिश,
तुम साथ हो,
तो हर डगर,

होती है मखमली!

छल बल से लोग बेशक,

छा जाये आसमाँ पर!

खड़ा रेत पर महल,

गिरता है भर भरकर!

गम न करो,

गुनाहगारों की जीत पर,

बहुत मुख़्तसर ही होता है,

उनका यहां सफर!

बसंत,

झूम के आया है,

मदभरी बयार है!

गुनगुनाती पायलों सी,

पड़ती फुहार है।

आकाश,

रंगों से भरा है,

अमृत बरस रहा है,

मनाओ,

ज़िन्दगी का उत्सव,

होली की बहार है!

तिमिर के उस पार

स्याह रात का डेरा है,

जीवन के इस द्वार।

धूप छन रही है

झरोखों से

तिमिर के उस पार!

देख कर अवसाद का पहरा

ज़िन्दगी को कैद मत समझो।

लबों की फितरत है

आजाद ही रहना,

उन्हें खुलने दो,

अपनी बात

कहने दो।

परिंदों को

परवाज भरने दो,

मोहब्बत का पैग़ाम लेकर

आकाश छूने दो!

आज गम है तो क्या?

कल खुशी होगी!

अभी दौरे खिज़ा है,

बाद में
उन्मुक्त बहने को
बसंती पवन
होगी!

नूर अनंत का जरूर निकलेगा

मेरे जुनूं का नतीजा

जरूर निकलेगा !

कोशिशे जारी रहे दोस्तों,

सूरज को निकलना ही है,

यकीन है,

कल जरूर निकलेगा!

इस खेल में तुम न भी हुए,

खेल रुकता कहाँ है,

किसी की चाह में?

पर इतना तो तय है,

काले स्याह समंदर से,

नूर अनंत का,

जरूर निकलेगा!

कोई राह बिना रहजन के,

ढूंढ पाना नामुमकिन है!

कदम कदम खतरे उठाते चलो,

कोई तो रास्ता,

जरूर निकलेगा!

फैसला अनंत के हाथों में है,

रुक नहीं सकता,

निकलना ही है,

पक्ष में हो या विपक्ष में,

जरूर

निकलेगा!

मौसम शरारती है

मौसम शरारती है,
भीगी फिजा में भी गरमाई है,
हवाओं में शोखियां हैं,
रुत प्यार की फिर आई है
रुई के फाहे से बादल
चहलकदमी करते दिखते हैं,
हर चमकती आँख में,
सतरंगी स्वप्न पलते हैं ।
शाखों में अटका चाँद,
धीमे से मुस्कराया है,
देवदार की शाखों पे
खिली चांदनी का साया है
तारे सुरमई अम्बर पर
रह रह के झिलमिलाते हैं,
और गुफ्तगू में खोये,
खूब हँसते और हंसाते हैं।
अनुरागी मन
तुम्हें रह रह पुकारता है
चले आओ,

बुला रहे रहे हैं
काफिले बहार के,
तुम सामने बैठी रहो,
मैं गीत गाऊँ प्यार के।
प्यार के, मनुहार के,
प्यार के, इकरार के,
और जीत लूँ तुम्हें
सब कुछ ही
अपना हार के।

सपने

सपने
रंग बिरंगे पंख,
मकरंद की सुगंध
बाट जोहते,
मुस्कराते।
हँसते, गाते!
फिज़ाओं में, वादियों में
परवाज भरते
फूलों की घाटियों से
फूल चुनते,
थक कर कभी
सुस्ताते।
पलकों के झरोखे से
चुपचाप चले आते।
कहाँ कहाँ ले जाते,
सूने मन में
दीप जलाते।
भोर के आते,
संभावनाओं का

आकाश दिखाकर
घर लौट जाते!
टूट भी जाते,
फिर आ जाते,
आस जगाते,
धीर धरो !
कहाँ खत्म हुआ है,
फिर आएंगे
अर्ध विराम ही तो है!
आमंत्रण स्वीकार करो।

एक नन्हा दीप

ऐसा नहीं है कि

पंछी हों या प्रकृति

या प्यार से लबरेज दिल

दरकते नहीं हैं।

फर्क इतना सा है कि,

इस पथ के अनगिनित राही

थक के बैठ जाते हैं

और कुछ हैं

जिनके

पग रुकते नहीं हैं!

अजब गजब खेल है जीवन का,

अच्छा और सच्चा,

अक्सर बवंडर झेलता है

असंवेदनशील, सत्ता लोलुप,

अट्टहास करता

सत्ता से खेलता है!

मगर एक नन्हा दीप

जब ठान लेता है

उम्मीदों का परचम

कस के थाम लेता है
तो तूफां
धूल में मिल जाता है
दिया,
आँखों में ख्वाब लिए
जला करता है,
सूरज को भी
राह दिखाता है!
आँखों तले
रोज़ रोज़ सपना पले,
मंजिल,
करेगी कदम बोसी
बिन रुके
चलते चलें!

साथी

"उम्र भर आदमी

साथी की तलाश करता है,

जब मिल जाते हैं तो

और उदास रहता है,

कभी बिछड़ जाने का डर,

कभी जुदा–जुदा डगर,

साथ होकर भी,

तन्हाई का अहसास करता है।

यह याद नहीं करता

अकेला ही आया था,

काफिलों के साथ होकर भी

अकेला ही जायेगा।

जो समझना चाहते हैं

जीवन का फलसफा,

अकेलेपन को

ढूंढते हैं, जान जाते हैं

खुद के साथ रहकर ही,

खुद को पहचान पाते हैं।

खुशी

अंदर की बात है,
बाहर क्या उसको खोजना?
मिलो
प्यार से सभी से,
पर सीख लो यारों,
अकेलेपन में
खिलना,
अकेलेपन में
महकना।"

पथिक

दिशा भ्रांत से एक पथिक ने

कहा राह से कुछ सकुचाकर,

जहाँ जहाँ तक तुम जाती हो,

ले चलो वहीं यह हाथ पकड़ कर।

चकित राह ने दिया प्रत्युत्तर,

मैं तो कहीं नहीं जाती हूँ

तुम स्वयं अपनी राह खोज लो,

छुओ आकाश अपने ही बल पर।

मर्माहत सा पथिक चला फिर,

अवसाद भरे डग रखते रखते

लौट उसी बिंदु पर आया,

कहाँ पता था उसको रस्ते?

गुड़ की ढली हाथ में देकर,

कहा राह ने फिर कोशिश कर

अपनी मंजिल पा ले राही,

नई ऊर्जा मन में भरकर!

अगली भोर व्यथित सा राही,

वहीं खड़ा था शीश झुकाये,

ज्यादा दूर नहीं जा पाया,

बहुत भयावह थे वह साये।
लक्ष्य भेद की डगर ओ राही,
अग्नि पथ से ही जाती है,
दिशाभ्रांत सा जो चलता है,
मंजिल उसको ठुकराती है।
वरमाला के पात्र वही हैं,
दृष्टि तथागत की जो रखते,
जिनको आँख मीन की दिखती,
वही नया इतिहास हैं रचते।

कोलाज ज़िन्दगी का

कोलाज ज़िन्दगी का

जिस्म के मरने से

रूहें नहीं मरती हैं

लिबास बदल लेती हैं

नए सफर पर चलती हैं।

यह यात्रा यूँ ही अनवरत

चलती ही रहा करती है,

एक ज्योति दूसरी से मिलकर

उजास किया करती ही है।

फना हो के भी हर चेहरा,

हर चेहरे से झांकता है,

यह ही अहसास पीढ़ियों को,

एक साथ बांधता है।

आज तुम जहाँ खड़े हो,

कल हम वहीं खड़े थे

कल हम जहां अभी हैं,

तुम भी वहीं मिलोगे।

कितने खूबसूरत हैं

यह सिलसिले,

सब फना हो जायेंगे,
फिर भी यहीं रहेंगे।

चंद लफ़्ज़ों की कहानी

'गर हो,

आँखों में

ख्वाबों का,

अहसास,

तो

सिमट आता है,

बाँहों में आकाश!

जिंदगी है,

चंद लफ़्ज़ों की,

सतरंगी

कहानी,

बहारों की

आयतें

दरिया की रवानी!

संवेदना,

संवाद, सम्बन्ध,

गिरा देते,

सब तटबन्ध,

सब कुछ साँझा

स्नेह पगे छन्द!
प्यार की मिसरी,
फूलों की वादियां
झूमती फिज़ाएं
फकत,
चाँद
दरमियां!
आओ बुन लें
धागों से स्नेह के,
एक हार,
मोतियों का,
सजा लें,
पलकों पर दिये
एक दूसरे के,
नेह के!

गुजर गयी यूँ ज़िन्दगी

गुजर गयी यूँ ज़िन्दगी,

हाले दिल सुनाने में,

अपने दर्द में गाफिल

यह भूल गए

औरों को भी

गम है

इस जमाने में।

खुद की

आवाज़ का जादू

इस कदर

रहा हावी हम पर

सुनने का

लुत्फ भूल गये,

अपनी

दास्ताँ सुनाने में।

बेजार होके

महफ़िल से

सुनने वाले

जब हुए रुखसत

बात तब
यह समझ आई,
सारा मजा है
किसी को
देने में,
है न कशिश
किसी से पाने में।
जब सुबह की
शाम होने को है आई
तो
रहती है
इस
इंतजार में
आँखें खोयी,
ए खुदा, कुछ
सा कर दो,
मैं सिर्फ
सुना करूँ,
और
कहा करे कोई।

अनवरत तालाश

जीवन,

अनवरत तालाश है

"आनंद" की,

उस मेहमां की,

जो मिल के नहीं

मिलता!

हर शख्स परेशां है,

तन्हा है,

मधुवन,

वीरान है,

कोई फूल नहीं खिलता!

सबके दर्दो–गम

मुझे भी,

गमगीन करते हैं,

बस,

चंद लोग हैं,

जो,

आभासी दुनिया,

के वाशिंदे बन,

ज़िन्दगी,

रंगीन करते हैं!

खोजा,

तो पहेली को,

बहुत सरल पाया।

'आनंद'

कोई बाहर की चीज नहीं,

अपने ही

अंतस में,

इसको पाया!

खुश रहना,

हमारी प्रकृति है,

इसे,

दुनिया के,

हवाले न करो।

खुश रहो,

खुशियों के,

बहाने ढूंढो,

हर लम्हा,

खुश हो के जियो!

आराधना

हम अनंत के अक्षुण कण है,

उसी में,

स्वयम को ढालना है,

जीवन का,

आदि –अंत है यह,

ईश की आराधना है!

स्वर्ण–मृग की तृष्णा सबको,

लक्ष्य से भटकाती है,

लौकिक, आलौकिक का भेद,

अविलंब,

अब तो जानना है!

पांखी–मन उड़ता ही रहता,

अनबुझ सी कोई प्यास लिए,

इसे मुक्त कर मिथ्या जग से,

नाता,

अनंत से बांधना है!

नवरात्री का सन्देश है यह,

अचेतन को,

चेतना द्वार दिखाना,

आराध्य की,
सच्ची भक्ति है यह,
जीवन की,
सच्ची कामना है!

हिसाब

कर रहा था उम्र का हिसाब,

ज्यूँ ज्यूँ गिनती बढ़ती जाती,

दिल की धड़कन टूटे जाती

बिखर रहे थे सारे ख्वाब!

मित्रों का सानिध्य मिला था,

शाख शाख पर फूल खिला था!

प्रकृति मेरे साथ थी चलती,

प्यार पे क्या आया था शवाब!

तभी परी कोई पास में आयी,

"इतनी उदासी क्यों है छाई?

तुम तो हरदम मुस्काते हो,

जीवन के गीत सदा गाते हो,

चलो, उतारो यह नकाब!

उम्र की कोई गिनती न होती,

तब तक साथ तुम्हारे होती

जब तक तुम जिंदा दिल रहते,

मुर्दा दिल क्या खाक हैं जीते!

तुम हो अब भी लाजवाब!

मधुशाला के द्वार खुले हैं,

जीने को बस पल यह मिले हैं
छुओ आकाश, चलो तारों पर,
जियो ज़िन्दगी जी भर भर कर!

दूधिया चाँद

सेमल के पेड़ पे अटका दूधिया चाँद,
नीले अम्बर की तरफ ताकता है,
कुछ लम्हों में, आहिस्ता से उठकर,
हर वजूद पे छा जायेगा।
बहुत इंतजार के बाद आया है,
रात बिताकर ही विदा लेगा,
कितनी सौगातें लेकर आया है,
कितनी ही यादें छोड़ जायेगा।
पर न जाने क्यों उदास लगता है,
शायद उन सबकी याद आती है।
जिन्हें चाँद की रातों में ही
बहुत गहरी नींद आती है।
उन्हीं के ख़्यालों का तो दाग नहीं,
जो चाँद पर चमकता है?
जो बेसबब ही बुझ गए,
उन चिरागों की बाट तकता है।
जिन्हें प्यार से दुलारा था,
हर सुबह ही पुकारा था,
रुख़सत क्यों हो गए,

उन पर तो हक हमारा था?
कौन बेवफा था,
अब सितारे ही बताएँगे,
हमसे विदाई लेकर
वह और कहाँ जायेंगे?

लबों को खोल जरा

वक्त बहुत नाजुक है,
चुप न रह,
लबों को खोल जरा।
बहुत,
लंबी उड़ान भरनी है,
परों को तोल जरा!
इनकी,
आदत है, डराते हैं,
अंधियारे के,
सौदागर !
जो भी,
दुबक के बैठ गए,
मिलेगी कहाँ,
फिर उनकी खबर?
हौसले से उठ,
डरना,
तेरी फितरत ही नहीं
उतार दे मुखोटों को,
एक झटके में,

दिखा दे,
जमाने को,
असलियत इनकी।
कितनी है ढोल में पोल
राज,
जमाने पे,
यह खोल जरा!

उम्मीदों का साहिल

मैं अकेला नाविक

और नदी का विस्तार

देखना चाहता हूँ वह पाट

जहाँ लगेगी नौका पार!

सोचता हूँ, अकेला कहाँ हूँ

मेरी उम्मीदें मेरे साथ हैं,

पर वह भी,

लहरों की तरह पास आते आते

बिखर जाती हैं!

उदास छोड़ जाती हैं!

लगता है,

कोई और भी मेरे पास है

कश्तीं के साथ चल रहा है

मेरा अक्स है,

मुझे छूने को मचल रहा है!

उम्मीद फिर ढूंढ लेता हूँ

पानी को देखता हूँ

तूफान छुपाये अंतस में,

वह भी चुपचाप चल रहा है।

उम्मीदों का साहिल,
पास आ गया है,
कोई गीत,
अधरों पर
चहक कर छा गया है
मेरा साथ,
मेरे
मित्रों को भी भा गया है!

दो अजनबी

कोलाज ज़िन्दगी का
दो अजनबी एक रोज़ कभी
हमसफ़र बनते हैं
और साथ चलते चलते
एक कारवां सजाते हैं
जैसे पर्वत से निकली बूँदें
झरनें का रूप लेती हैं
नदियों को जन्म देती है
फिर, यायावर सी चलती नदियाँ
सागर में समां जाती हैं
ज्यों कलियाँ फूल बनकर
वादी में ही छा जाती हैं
यह सफर यूँ ही अनवरत
चलता ही रहेगा
दीपक से दीप जलकर
उजास करता ही रहेगा
बस इतना रहे याद
सागर बूँद से ही बनता है
ना भूले बूँद

न सागर यह कभी भूले
क्या दोनों का रिश्ता है
तब फना होके भी हर चेहरा
हर चेहरे से झांकता है
यह एहसास पीढ़ियों को
एक साथ बांधता है

अनंत पथ

यह रस्ते, यह मोड़,

कभी खत्म नहीं होते,

इनसे ही,

नए रस्ते और मोड़ निकलते हैं!

कभी सुस्त कदम, कभी तेज कदम,

पंथी इन पर चलते हैं!

बदलते रहते हैं पंथी, इस पथ के,

न यह पंथियों के साथ चलते हैं,

न राह बताते हैं!

अपने ही दम पर, कुछ मंजिल पा लेते हैं,

बहुत से छूट जाते हैं!

पर रस्ते, कब किसका सोक मनाते हैं?

हम सब पंथी हैं,

इन रास्तों के,

आशा का दीप जलाये,

चलते रहना है,

इस अनंत पथ पर!

होंठों पर,

मुस्कान सजाये!

कभी सुख दुःख,

कभी फूल और कांटे,

जो भी मिले,

झोली में भर लें,

जितना संभव हो,

यह अनंत पथ तय कर लें!

फिर नए रस्ते, नए मोड़ मिलेंगे,

हम फिर इसी पथ पर चलेंगे,

कुछ स्मृतियों में खो जाएंगे,

कुछ शायद फिर मिलेंगे!!

जश्ने आज़ादी

बारिश थक के
थम गयी है,
एक घुटी, गंदुमी शाम,
पसर आई है।
बहुत फीका सा,
आधा अधूरा चाँद,
आकाश पर
अटका हुआ है,
उदास, टूटा, अनमना सा
शून्य में तकता हुआ।
सूने आकाश में,
कहीं से दो काली पतंगें,
एक दूसरे से भिड़ गयीं है,
आखिर
एक की जीवन डोर,
कट गयी है,
दम तोड़ती,
लड़खड़ाते कदमों से,
सरक रही है,

अपनी नियति की ओर।

सावन की

फुहारों के बाद,

जश्ने आज़ादी के

तरानों के साथ,

यह उजड़े, उजड़े, मंजर,

शायद यह कह रहे हैं।

खुशियां,

कुछ पल की मुसाफिर हैं,

चंद लोगों की वसीयत हैं,

यह वीराने,

ज़िन्दगी की असलियत हैं,

इसी माहोल में,

आज़ादी के सत्तरवें साल में भी,

मेरे मुल्क के,

ज्यादातर लोग

जी रहे हैं,

मर रहे हैं।

बाजिव सवाल

बड़ा बाजिव सवाल है

मेरे मित्रों का,

"दर्द के मौसम में,

बहारों की बात करते हो,

यथार्थ में लौट आओ,

हर रोज़ ही छल करते हो!"

'सच कहते हो दोस्तों,

मैं भी दर्द से कराहता हूँ

जब वह हद से गुजर जाता है,

तो,

अँधेरा ही नजर आता है,

पर,

तब ही,

कोई अदृश्य हाथ,

दीप जला जाता है!'

हंसती, गाती भोर,

मेरे स्वर में स्वर मिलाती है,

"साँझ होते ही हर दिन,

काली, स्याह रात,

मुझे नींद में सुलाती है,
पलक, पलक खुलती है तन्द्रा,
तो खुद ही,
विदा हो जाती है!"
जब सम्भावना है पूरी,
की
तूफान गुजर जाने के बाद
इंद्रधनुष, नभ को जगमगा देगा
तो तूफान से मुह छुपाने का
औचित्य भला क्या होगा?

अक्स

होता हूँ रूबरू,

अपने जैसे एक शख्स से,

अपने वजूद से,

खुद अपने अक्स से।

हरदम ही साथ रहता,

पर जानता नहीं,

वह सच में कौन है,

पहचानता नहीं

चाहता है हरदम,

वह ऐसा नजर आये,

जो सबसे हसीन हो,

जिसे टूट के सब चाहें।

अपने को लेकर उसको,

खुशफहमियां बहुत हैं,

सच को स्वीकारने में,

दुश्वारियाँ बहुत हैं।

सच का सुनहरा सूरज,

कब हथेलियों से ढकता,

इंसान फिर भी अक्सर,

रहता है खुद को ठगता।
है खोज ज़िन्दगी,
खुद को ही जानने की
अपना ही बनके दीपक,
स्वयम को पहचानने की।

मुसाफिर

अंतहीन सफर,

अनवरत ही चल रहा है,

लेकिन मैं वहीं रुका हूँ,

मुझे कोई छल रहा है!

अहसास यह होता है

अपनी यायावर सी

इतनी लंबी यात्रा,

लिखूं

तो एक रसीदी टिकट में

सिमट जायेगी!

चँद प्यार के लम्हों को छोड़,

ज़िन्दगी ठहरी ही तो रही,

फिर से भटक जायेगी!

ज़िन्दगी का सफर, दोस्तों

सालों की गणित नहीं है,

वह क्षण जो हमनें मिल के गुजारे थे

बस उतनी सी ज़िन्दगी है!

गुजरे हुए मुकाम, फिर नहीं आते,

पर तसल्ली है की कभी,

बिसरती नहीं, मन में संजोई
उनकी यादें!
हम मुसाफिर हैं,
चलते रहना ही है अपना नसीब,
सफर लंबा है, पथ अनंत,
उनको रखना जरा,
दिल के करीब!

जीवन की संध्या बेला

कितनी दिलकश होती है,

इस जीवन की संध्या बेला,

मद्धम जलती दिए की बाती,

कम हो जाता रेला पेला,

पर अर्थ नए पा लेता है,

सुख दुःख था जो हमने झेला।

जिन संघर्षों के धचकोलों से,

क्षत विक्षत होती थी नौका,

आज उन्हीं में दिखता है,

आसमान छूने का मौका।

जो पल तब स्वर्णिम लगते थे,

सच में वह थे काले बादल,

अश्कों में ही छिपा था अमृत,

समझ न पाये थे यह छल।

बचे हैं जो क्षण उनको जी लें,

मधुकलश खाली कर डालें,

फिर न लौटेंगे यह पांखी,

इनको जी भर गले लगा लें।

मुग्ध भाव से देखें तट पर,

जीवन का यह हँसता मेला,
कभी थे हम भी इसके हिस्से,
होगा आगे सफर अकेला।

उजालों की किरण बाकी है

आज अम्बर का सब्र टूट गया,

बहुत उमस थी, सुबह भी मायूस थी,

फलक की पलकों में जबरन रुके,

चंद कतरे,

धरती के दामन पर आन गिरे,

न जाने क्यों लगा

सावन ने ले ली विदा,

हमेशा को रूठ गया!

इसमें ताज्जुब भी ढूंढे,

तो अजूबा क्या है,

दिलों में नफरत के सिवा

बाकी बचा भी क्या है,

आखिर रीता ही तो था घट,

फूट गया सो फूट गया!

यह मेरी तुम्हारी बात नहीं है दोस्तों,

एक भयावह सा सच है, जिसे हम सब

खोखली हंसी हंस कर,

सदा छुपाते रहे,

भयंकर तमस से घिरी दुनिया में

बिन तेल बिन बाती के
दीप उम्मीदों के जलाते रहे।
पर, शायद अभी भी,
उजालों की किरण बाकी है,
अभी कल ही धरती ने,
अम्बर की कलाई में,
बाँधी स्नेह की राखी है!
बेशक हमारे अकेले से,
जमाने को न बदला जाएगा,
मोहब्बत का पैग़ाम भेजते रहो,
किसी और की आँखों में भी,
ऐसा ही ख्वाब आएगा!

एक सपना

मेरा एक सपना है।

चाहता हूँ मैं ले आऊँ,

स्वर्ग धरती पर,

जात, धर्म, रंग, सरहदों का,

जहाँ न हो बंधन,

चाँद सी धरती हो,

हर घर ही लगे उपवन,

इंसान, इंसान से मिले,

बस आदमी बनकर।

प्यार के रस्ते हों,

और फूल बरसते हों,

शहनाइयों के सुर,

फिजाओं में सजते हों,

देवता मिलने को इंसान से,

दिन, रात, तरसते हों!

हर कोई गाये, झूमे,

और आसमा को चूमे,

हाथों में हाथ लेकर,

अनुराग मन में भरकर,

चल पड़े सफर पर,
एक दूसरे को पा लें,
एक दूसरे में खोकर।

शब्द

बस, एक शब्द,

उद्गम भी,

अंत भी!

कभी,

फूल बन,

उपवन खिलाती,

कभी,

नीलाभ् नभ पर,

सितारे सजाती।

हर ज़र्रे में,

हर एक कण में,

जीवन के,

हर पल, हर क्षण में,

हो, तुम अनंत सी!

कभी,

बन कर लोरी,

कभी

प्रणय गीत,

हर सुर में

बसा हुआ संगीत!

हर पंक्ति में,

छन्द, छन्द में,

तुम्हीं हो,

जीवन की रीत!

शिशु के कलरव में,

प्रणय – उत्सव में,

कभी,

प्रेयसी जैसी सजकर,

कभी,

हमसफ़र साथ में बनकर,

आश्रय भी तुम,

संबल भी तुम,

साथ रही हो,

कदम, कदम पर!

साकार हुआ तो,

मुझे यकीन है,

ईश,

तुम्हारे रूप में होगा,

छोड़ भला,

यह अद्भुत जीवन,

वह क्यों आखिर
पुरुष बनेगा?
तुम हो,
नारी,
प्रकृति की,
सर्वोत्तम रचना।
हर पदवी पर,
हर पड़ाव पर,
अधिकार पूर्वक,
तुम ही बसना!